L'EPREUVE

COMEDIE.

*Par M. D***.* Marivaux

Représentée pour la premiere fois par les Comédiens Italiens le 19. Novembre 1740.

Le prix est de 24. sols.

A PARIS,

Chez F. G. MERIGOT, Quay des Augustins, à la descente du Pont S. Michel à S. Louis.

M. DCC. XL.

AVEC APPROBATION ET PRIVILEGE DU ROI.

ACTEURS.

Madame ARGANTE.

ANGELIQUE sa fille.

LISETTE, Suivante.

LUCIDOR, Amant d'Angelique.

FRONTAIN, Valet de Lucidor.

Mᵉ BLAISE, jeune Fermier du Village.

L'EPREUVE.

COMEDIE.

SCENE PREMIERE.

LUCIDOR, FRONTAIN,
en bottes & en habit de Maître.

LUCIDOR.

Ntrons dans cette Salle. Tu ne fais donc que d'arriver ?

FRONTAIN.

Je viens de mettre pied à terre à la premiere Hôtellerie du Village, j'ai demandé le chemin du Château, suivant l'ordre de votre Lettre, & me voila dans l'équipage que vous m'avez prescrit. De ma figure, qu'en dites-vous ?

A ij

Il se retourne.

Y reconnoissez-vous votre Valet de
Chambre, & n'ai-je pas l'air un peu trop
Seigneur?

LUCIDOR.

Tu es comme il faut; à qui t'es-tu adressé
en entrant?

FRONTAIN.

Je n'ai rencontré qu'un petit garçon dans
la Cour, & vous avez paru. A présent,
que voulez-vous faire de moi & de ma bonne mine?

LUCIDOR.

Te proposer pour Epoux à une très-ai-
mable fille.

FRONTAIN.

Tout de bon, ma foi, Monsieur, je soutiens que vous êtes encore plus aimable
qu'elle.

LUCIDOR.

Eh non, tu te trompes, c'est moi que la
chose regarde.

FRONTAIN.

En ce cas-là, je ne soutiens plus rien.

LUCIDOR.

Tu fçais que je fuis venu ici il y a près
de deux mois pour y voir la terre que mon
homme d'Affaire m'a achetée ; j'ai trouvé
dans le Château une Madame Argante qui
en étoit comme la Concierge, & qui eft
une petite Bourgeoife de ce Pays-ci. Cette
bonne Dame a une fille qui m'a charmé, &
c'eft pour elle que je veux te propofer.

FRONTAIN *riant.*

Pour cette fille que vous aimez, la con-
fidence eft gaillarde, nous ferons donc trois ;
vous traitez cette affaire-ci comme une Par-
tie de Piquet.

LUCIDOR.

Ecoutez-moi donc, j'ai deffein de l'é-
poufer moi-même.

FRONTAIN.

Je vous entends bien, quand je l'aurai
époufée.

LUCIDOR.

Me laifferas-tu dire ? Je te préfenterai
fur le pied d'un homme riche & mon ami,
afin de voir fi elle m'aimera affez pour le re-
fufer.

FRONTAIN.

Ah ! c'eſt une autre hiſtoire ; & cela
étant, il y a une choſe qui m'inquiete.

LUCIDOR.

Quoi ?

FRONTAIN.

C'eſt qu'en venant , j'ai rencontré près
de l'Hôtellerie une fille , qui ne m'a pas
apperçu , je penſe , qui cauſoit ſur le pas
d'une porte, mais qui m'a bien la mine d'ê-
tre une certaine Liſette que j'ai connue à
Paris il y a quatre ou cinq ans , & qui étoit
à une Dame chez qui mon Maître alloit
ſouvent. Je n'ai vû cette Liſette-là que deux
ou trois fois ; mais comme elle étoit jolie ,
je lui en ai conté tout autant de fois que
je l'ai vûe , & cela vous grave dans l'eſprit
d'une fille.

LUCIDOR.

Mais vraiment, il y en a une chez Madame Argante de ce nom-là, qui eſt du Village, qui y a toute ſa famille , & qui a paſſé
en effet quelque tems à Paris avec une Dame
du Pays.

FRONTAIN.

Ma foi, Monſieur, la friponne me reconnoîtra ; il y a de certaines tournures d'hommes qu'on n'oublie point.

LUCIDOR.

Tout le remede que j'y sçache, c'est de payer d'éfronterie, & de lui persuader qu'elle se trompe.

FRONTAIN.

Oh, pour de l'éfronterie, je suis en fond.

LUCIDOR.

N'y a-t'il pas des hommes qui se ressemblent tant, qu'on s'y méprend ?

FRONTAIN.

Allons, je ressemblerai, voilà tout, mais dites-moi, Monsieur, souffririez-vous un petit mot de représentation ?

LUCIDOR.

Parles.

FRONTAIN.

Quoiqu'à la fleur de votre âge, vous êtes tout-à-fait sage & raisonnable, il me semble pourtant que votre projet est bien jeune.

LUCIDOR *fâché.*

Hem.

FRONTAIN.

Doucement, vous êtes le fils d'un riche
Négociant qui vous a laiſſé plus de cent
mille livres de rente, & vous pouvez pré-
tendre aux plus grands partis; le minois
dont vous parlez eſt-il fait pour vous ap-
partenir en légitime mariage ? Riche comme vous êtes, on peut ſe tirer de-là à meilleur marché, ce me ſemble.

LUCIDOR.

Tais-toi, tu ne connois point celle dont
tu parles; il eſt vrai qu'Angelique n'eſt
qu'une ſimple Bourgeoiſe de Campagne;
mais originairement elle me vaut bien, &
je n'ai pas l'entêtement des grandes allian-
ces; elle eſt d'ailleurs ſi aimable, & je dé-
mêle à travers ſon innocence tant d'honneur
& tant de vertu en elle; elle a naturellement un caractére ſi diſtingué, que ſi elle
m'aime comme je le crois, je ne ſerai jamais
qu'à elle.

FRONTAIN.

Comment, ſi elle vous aime, eſt-ce que
cela n'eſt pas décidé ?

LUCIDOR.

Non, il n'a pas encore été queſtion du

mot d'Amour entr'elle & moi ; je ne lui ai
jamais dit que je l'aime ; mais toutes mes façons n'ont fignifié que cela ; toutes les fien-
nes n'ont été que des expreffions du pen-
chant le plus tendre & le plus ingénu. Je
tombai malade trois jours après mon arri-
vée ; j'ai été même en quelque danger , je
l'ai vûe inquiéte, allarmée, plus changée
que moi ; j'ai vû des larmes couler de fes
yeux , fans que fa mere s'en apperçût ; &
depuis que la fanté m'eft revenue, nous
continuons de même ; je l'aime toujours,
fans le lui dire , elle m'aime auffi fans m'en
parler ; & fans vouloir cependant m'en faire un fecret, fon coeur fimple , honnête &
vrai n'en fçait pas davantage.

FRONTAIN.

Mais vous, qui en fçavez plus qu'elle ,
que ne mettez-vous un petit mot d'amour
en avant, il ne gâteroit rien ?

LUCIDOR.

Il n'eft pas tems ; tout fûr que je fuis de
fon coeur, je veux fçavoir à quoi je le dois ;
& fi c'eft l'homme riche , ou feulement moi
qu'on aime, c'eft ce que j'éclaircirai par l'é-
preuve où je vais la mettre ; il m'eft encore
permis de n'appeller qu'amitié tout ce qui

est entré nous deux, & c'est de quoi je vais
profiter.

FRONTAIN.

Voilà qui est fort bien; mais ce n'étoit
pas moi qu'il falloit employer.

LUCIDOR.

Pourquoi.

FRONTAIN.

Oh, pourquoi, mettez-vous à la place
d'une fille, & ouvrez les yeux, vous verrez pourquoi, il y a cent à parier contre un
que je plairai.

LUCIDOR.

Le sot, hé-bien, si tu plais, j'y rémé-
dierai sur le champ en te faisant connoître;
as-tu apporté les bijoux ?

FRONTAIN *fouillant dans*
sa poche.

Tenez, voilà tout.

LUCIDOR.

Puisque personne ne t'a vû entrer, re-
tires-toi avant que quelqu'un, que je vois
dans le jardin, n'arrive, va t'ajuster, & ne
reparois que dans une heure ou deux.

FRONTAIN.

Si vous jouez de malheur, souvenez-
vous que je vous l'ai prédit.

SCENE II.

LUCIDOR, BLAISE,
*qui vient doucement habillé en
riche Fermier.*

LUCIDOR.

IL vient à moi, il paroît avoir à me parler.

Mᵉ BLAISE.

Je vous salue, M. Lucidor, hé-bien,
qu'est-ce ? Comment vous va, vous avez
bonne maine à cette heure.

LUCIDOR.

Oui, je me porte assez-bien, M. Blaise.

Mᵉ BLAISE.

Faut convenir que voute maladie vous a
bian fait du proufit ; vous vela morgué plus

rougeaut, pûs varmeille, ça réjouit, çà me plaît à voir.

LUCIDOR.

Je vous en suis obligé.

M^e. BLAISE.

C'eſt que j'aime tant la ſanté des braves gens, alle eſt ſi recommandabe, ſur-tout la vôtre qui eſt la pûs recommandabe de tout le monde.

LUCIDOR.

Vous avez raiſon d'y prendre quelque intérêt, je voudrois pouvoir vous être utile à quelque choſe.

Me BLAISE.

Voirement, cette utilité-là eſt belle & bonne, & je vians tout juſtement vous prier de m'en gratifier d'une.

LUCIDOR.

Voyons.

Me BLAISE.

Vous ſçavez bian, Monſieur, que je fréquente chez Madame Argante, & ſa fille Angelique, alle eſt gentille au moins.

LUCIDOR.

Aſſurément.

Mᶜ BLAISE *riant.*

Hé hé hé, c'eſt, ne vous déplaiſe, que je vourois avoir ſa gentilleſſe en mariage.

LUCIDOR.

Vous aimez donc Angelique ?

Mᶜ BLAISE.

Ah ! Cette petite criature-là, m'affole j'en pars ſi peu d'eſprit que j'ai ; quand il fait jour, je penſe à elle ; quand il fait nuit, j'en rêve, il me faut du remede à çà, & je vians envars-vous à celle fin, par voute moyen, pour l'honneur & le reſpect qu'en vous por‑ te ici, ſauf voute grace ; & ſi ça ne vous torne pas à importunité de me favoriſer de queuques bonnes paroles auprès de ſa mere, dont j'ai itou beſoin de la faveur.

LUCIDOR.

Je vous entends, vous ſouhaitez que j'engage Madame Arganté à vous donner ſa fille, & Angelique vous aime-t'elle ?

Mᶜ BLAISE.

Oh dame, quand par fois je li conte ma chance, alle rit de tout ſon cœur & me plante-là, c'eſt bon ſigne, n'eſt-ce pas ?

LUCIDOR.

Ni bon , ni mauvais ; au surplus , comme
je crois que Madame Argante a peu de bien ,
que vous êtes Fermier de plusieures Terres ,
fils de Fermier vous-même.

Mᵉ BLAISE.

Et que je sis encor une jeunesse , car je
n'ons que trente ans , & d'himeur folichon-
ne , un Roger-Bontems.

LUCIDOR.

Le parti pourroit convenir sans une difficulté.

Mᵉ. BLAISE.

Laqueulle.

LUCIDOR.

C'est qu'en revanche des soins que Madame Argante & toute sa maison ont eu
de moi pendant ma maladie ; j'ai songé à
marier Angelique à quelqu'un de fort riche, qui va se présenter , qui ne veut pré-
cisément épouser qu'une fille de Campagne, de famille honnête , & qui ne se sou-
cie pas qu'elle ait du bien.

Mᵉ BLAISE.

Morgué , vous me faites là un vilain

tour avec voute avifement, Monfieur Lucidor ; vela qui m'eft bian rude , bian cha-
grinant & bian traître. Jarnigué , foyons
bons , je l'approuve , mais ne foulons parfonne , je fis voute prochain autant qu'un
autre , & ne faut pas pefer fur cetici pour
alleger cetilà , moi qui avois tant de peur
que vous ne mouriez ; c'étoit bian la peine
de venir vingt fois demander comment va-
t'il , comment ne va-t'il pas , vela-t'il pas
une fanté qui m'eft bian chanfeufe, après
vous avoir mené moi-même ceti-là , qui
vous a tiré deux fois du fang , & qui eft
mon coufin , afin que vous le fçachiez ,
mon propre coufin garmain ; ma mere étoit
fa tante , & jarni ce n'eft pas bian fait à
vous.

LUCIDOR.

Votre parenté avec lui n'ajoûte rien à l'o-
bligation que je vous ai.

Mᶜ BLAISE.

Sans compter que c'eft cinq bonnes mille
livres que vous m'ôtez , comme un fou , &
que la petite aura en mariage.

LUCIDOR.

Calmez-vous , eft-ce cela que vous en ef-
perez ? Hé-bien , je vous en donne douze

pour en époufer une autre, & pour vous dédommager du chagrin que je vous fais.

Me BLAISE étonné.

Quoi? douze mille livres d'argent fec.

LUCIDOR.

Oui, je vous les promets, fans vous ôter cependant la liberté de vous préfenter pour Angelique; au contraire, j'exige même que vous la demandiez à Madame Argante, je l'exige, entendez-vous; car fi vous plaifez à Angelique, je ferois très-fâché de la priver d'un homme qu'elle aimeroit.

Me BLAISE fe frottant les yeux de turprufe.

Eh mais, c'eft comme un Prince qui parle, douze mille livres? les bras m'en tombont, je ne fçaurois me r'avoir; allons, Monfieur, boutés-vous-là, que je me profterne devant vous, ni plus ni moins que devant un prodige.

LUCIDOR.

Il n'eft pas néceffaire, point de complimens, je vous tiendrai parole.

Me BLAISE.

Après que j'ons été fi mal apris, fi brutal.

tal. Eh ! dites-moi , Roi que vous êtes , fi
par avanture , Angelique me chérit , j'aurons donc la femme & les douze mille francs
avec ?

LUCIDOR.

Ce n'eft pas tout-à-fait cela , écoutez-
moi , je prétends , vous dis-je , que vous
vous propofiez pour Angelique , indépen-
damment du mari que je lui offrirai ; fi elle
vous accepte , comme alors je n'aurai fait
aucun tort à votre amour , je ne vous don-
nerai rien ; fi elle vous refufe , les douze
mille frans font à vous.

M_e BLAISE.

Alle me refufera , Monfieur , alle me refufera ; le Ciel m'en fera la grace à caufe
de vous , qui le défirez.

LUCIDOR.

Prenez garde , je vois bien qu'à caufe des
douze mille frans , vous ne demandez déjı
pas mieux que d'être refufé.

M_e BLAISE.

Hélas ! peut-être bien que la fomme m'é-
tourdit un petit brin ; j'en fis friand , je le
confeffe , alle eft fi confolante.

B

LUCIDOR.

Je mets cependant encore une condition
à notre marché, c'est que vous feigniez de
l'empreſſement pour obtenir Angelique, &
que vous continuiez de paroître amoureux
d'elle.

Me BLAISE.

Oui, Monſieur, je ferons fidéle à ça ,
mais j'onś bonne eſperance de n'être pas dai-
gne d'elle, & mêmement j'avons opinion
ſi alle oſoit, qu'alle vous aimeroit plus que
parſonne.

LUCIDOR.

Moi, Maître Blaiſe, vous me ſurprenez ,
je ne m'en ſuis pas appèrçu, vous vous
trompez ; en tout cas, ſi elle ne veut pas
de vous, ſouvenez-vous de lui faire ce petit reproche-là, je ſerois bien-aiſe de ſçavoir ce qui en eſt par pure curioſité.

Me. BLAISE.

En n'y manquera pas, en li reproche-
ra devant vous drès que Monſieur le com-
mande.

LUCIDOR.

Et comme je ne vous crois pas mal à propos glorieux, vous me ferez plaiſir auſſi

de jetter vos vûes fur Lifette , que fans
compter les douze mille frans , vous ne vous
repentirez pas d'avoir choifi , je vous en
avertis.

Mᵉ BLAISE.

Hélas ! il n'y a qu'à diré , en fe revirera
itou fur elle , je l'aimeraî par mortification.

LUCIDOR.

J'avoue qu'elle fert Madame Argante ,
mais elle n'eft pas de moindre condition
que les autres filles du Village.

Mᵉ BLAISE.

Eh voirement , elle en eft née native.

LUCIDOR.

Jeune & bien faîte d'ailleurs.

Mᵉ BLAISE.

Charmante , Monfieur varra l'apetit que
je prends déja pour elle.

LUCIDOR.

Mais je vous ordonne une chofe ; c'eft
de ne lui dire que vous l'aimez qu'après
qu'Angelique fe fera expliquée fur votre
compte, il ne faut pas que Lifette fçacl.
vos deffeins auparavant.

B ij

Me BLAISE.

Laiffez faire à Blaife en li parlant, je li
dirai des propos où elle ne comprenra rin ;
la velà, vous plait-il que je m'en aille.

LUCIDOR.

Rien ne vous empêche de refter.

SCENE III.

LUCIDOR, BLAISE, LISETTE.

LISETTE.

JE viens d'apprendre, Monfieur, par le
petit garçon de notre Vigneron, qu'il
vous étoit arrivé une vifite de Páris.

LUCIDOR.

Oui, c'eft un de mes amis qui vient me
voir.

LISETTE.

Dans quel appartement du Château fou-
haitez-vous qu'on le loge ?

LUCIDOR.

Nous verrons quand il fera revenu de
l'Hôtellerie où il eft retourné, où eft Angelique, Lifette.

LISETTE.

Il me femble l'avoir vûe dans le Jardin,
qui s'amufoit à cueillir des fleurs.

LUCIDOR *en montrant Blaife.*

Voici un homme qui eft de bonne volonté pour elle, qui a grande envie de l'époufer, & je lui demandois fi elle avoit de
l'inclination pour lui; qu'en penfez-vous?

M⁹ BLAISE.

Oui, de queul avis êtes-vous touchant
ça belle Brunette, ma mie.

LISETTE.

Eh mais; autant que j'en puis juger, mon
avis eft que jufqu'ici elle n'a rien dans le
cœur pour vous.

M⁹ BLAISE *guayement.*

Rian du tout, c'eft ce que je difois? que
Mademoifelle Lifette a de jugement!

LISETTE.

Ma réponfe n'a rien de trop flateur ;
mais je ne fçaurois en faire une autre.

M^c BLAISE *cavalierement.*

Cetelle-'à eft belle & bonne, & je m'y
accorde. J'aime qu'on foit frano, & en effet, queul mérite avons-je pour li plaire à
cette enfant ?

LISETTE.

Ce n'eft pas que vous ne valiéz vôtre
prix, Monfieur Blaife, mais je crains que
Madame Argante ne vous trouve pas af-
féz de bien pour fa fille.

M^c BLAISE *& en riant.*

Ça eft vrai, pas affez de bien ; pûs vous
allez, mieux vous dites.

LISETTE.

Vous me faites rire avec votre air joyeux.

LUCIDOR.

C'eft qu'il n'efpere pas grand-chofe.

M^c BLAISE.

Oui, vela ce que c'eft, & pis, tout ce

qui viant je le prens. (*A Lisette.*) le biau brin de fille que vous êtes.

LISETTE.

La tête lui tourne , ou il y a là quelque chofe que je n'entends pas.

Me BLAISE.

Stependant je me baillerai biah du tour-ment pour avoir Angelique , & il en pour-ra venir que je l'aurons , ou bian que je ne l'aurons pas, faut mettre les deux pour de-viner jufte.

LISETTE *en riant.*

Vous êtes un très-grand devin.

LUCIDOR.

Quoiqu'il en foit , j'ai auffi un parti à lui offrir , mais un très-bon parti , il s'agit d'un homme du monde, & voilà pourquoi je m'informe fi elle n'aime perfonne.

LISETTE.

Dès que vous vous mêlez de l'établir , je penfe bien qu'elle s'en tiendra-là.

LUCIDOR.

Adieu Lifette , je vais faire un tour dans la grande allée ; quand Angelique fera ve-

nue, je vous prie de m'en avertir. Soyez
perſuadée, à votre égard, que je ne m'en
retournerai point à Paris ſans récompenſer
le zele que vous m'avez marqué.

LISETTE.

Vous avez bien de la bonté, Monſieur.

LUCIDOR *à Blaiſe en s'en allant & à part.*

Ménagez vos termes avec Liſette, Mr Blaiſe.

Mr BLAISE.

Auſſi fais-je, je n'y mets pas le ſens com-
mun.

SCENE IV.

Mr BLAISE, LISETTE.

LISETTE.

CE Monſieur Lucidor a le meilleur
cœur du monde.

Mr BLAISE.

Oh, un cœur magnifique, un cœur tout
d'or ; au ſurplus, comment vous portez-
vous, Mademoiſelle Liſette ?

LISETTE

LISETTE *riant.*

Hé , que voulez-vous dire avec votre compliment , Maître Blaise , vous tenez depuis un moment des discours bien étranges.

Mᵉ BLAISE.

Oui , j'ons des manieres fantaxes , & ça vous étonne , n'est-ce pas , je m'en doute bian ,

& par réflexion.

Que vous êtes agriable.

LISETTE.

Que vous êtes original avec votre agréable ? Comme il me regarde ; en vérité vous extravaguez.

Mᶜ BLAISE.

Tout au contraire , c'est ma prudence qui vous contemple.

LISETTE.

Hé-bien , contemplez , voyez , ai-je aujourd'hui le visage autrement fait que je ne l'avois hier ?

Mᶜ BLAISE.

Non ; c'est moi qui le vois mieux que de cotume ; il est tout nouviau pour moi.

C

LISETTE *voulant s'en aller.*

Eh, que le Ciel vous béniſſe !

Me BLAISE *l'arrêtant.*

Attendez donc ?

LISETTE.

Eh, que me voulez-vous ? C'eſt ſe mo-
quer que de vous entendre ; on diroit que
vous m'en contez ; je ſçai bien que vous
êtes un Fermier à votre aiſe, & que je ne
ſuis pas pour vous, de quoi s'agit-il
donc ?

Me BLAISE,

De m'acouter ſans y voir goute, & de
dire à part vous, ouais, faut qu'il yait un
ſecret à ça.

LISETTE.

Et à propos de quoi un ſecret, vous ne
me dites rien d'intelligible.

Me BLAISE.

Non, c'eſt fait exprès, c'eſt réſolu.

LISETTE.

Voilà qui eſt bien particulier ; ne recher-
chez-vous pas Angelique ?

Mᵉ BLAISE.

Ça eſt itou conclu.

LISETTE.

Plus je rêve & plus je m'y perds.

Mᵉ BLAISE.

Faut que vous vous y perdiais.

LISETTE.

Mais pourquoi me trouver ſi agréable ; par quel accident le remarquez-vous ? Plus qu'à l'ordinaire. Juſqu'ici vous n'avez pas pris garde ſi je l'étois ou non. Croirai-je que vous êtes tombé ſubitement amoureux de moi, je ne vous en empêche pas.

Mᵉ BLAISE *vîte & vivement.*

Je ne dis pas que je vous aime.

LISETTE *criant.*

Que dites-vous donc ?

Mᵉ BLAISE.

Je ne dis pas que je ne vous aime point ; ni l'un ni l'autre, vous m'en êtes témoin ; j'ons donné ma parole, je marche droit en beſogne, voyez-vous, il n'y a pas à rire à ça ; je ne dis rin, mais je penſe, & je vais répetant, que vous êtes agriable.

LISETTE *étonnée & le regardant.*

Je vous regarde à mon tour, & si je ne me figurois pas que vous êtes timbré, en vérité, je soupçonnerois que vous ne me haïssez pas.

Mᵉ BLAISE.

Oh, soupçonnez, croyez, parsuadez-vous, il n'y aura pas de mal, pourvû qu'il n'y ait pas de ma faute, & que çá vienne de vous toute seule, sans que je vous aide.

LISETTE.

Qu'est-ce que cela signifie'?

Mᵉ BLAISE.

Et mêmement, à vous parmis de m'aimer, par exemple j'y confens encore; si le cœur vous y porte, ne vous retenez pas, je vous lâche la bride là-dessus; il n'y aura rian de pardù.

LISETTE.

Le plaisant compliment ! Eh ! quel avantage en tirerois-je ?

Mᵉ BLAISE.

Oh-dame, je sis bridé, moi, ce n'est pas comme vous, je ne sçaurois parler pûs clair;

voicy venir Angelique, laiffez-moi-ly,
toucher un petit mot d'affection, fans que
ça empêche que vous foyez gentille.

LISETTE.

Ma foi, votre tête eft dérangée, Monfieur Blaife, je n'en rabats rien.

SCENE V.

ANGELIQUE, LISETTE, BLAISE.

ANGELIQUE *un bouquet à la main.*

BOn jour, Monfieur Blaife, eft-il vrai,
Lifette, qu'il eft venu quelqu'un de
Paris pour Monfieur Lucidor ?

LISETTE.

Oui, à ce que j'ai fçu.

ANGELIQUE.

Dit-on que ce foit pour l'emmener à Paris qu'on eft venu.

LISETTE.

C'eft ce que je ne fçais pas, Monfieur
Lucidor ne m'en a rien appris.

Mᵉ BLAISE.

Il n'y pas d'apparence, il veut auparavant vous marier dans l'opulence, à ce qu'il dit.

ANGELIQUE.

Me marier, Monſieur Blaiſe, & à qui donc, s'il vous plaît?

Mᵉ BLAISE.

La parſonne n'a pas encore de nom.

LISETTE.

Il parle vraiment d'un très-grand mariage; il s'agit d'un homme du monde, & il ne dit pas qui c'eſt, ni d'où il viendra.

ANGELIQUE *d'un air content & diſcret.*

D'un homme du monde qu'il ne nomme pas.

LISETTE.

Je vous rapporte les propres termes.

ANGELIQUE.

Hé-bien, je n'en ſuis pas inquiéte, on le connoîtra tôt ou tard.

Mᵉ BLAISE.

Ce n'eſt pas moi toujours.

ANGELIQUE.

Oh, je le crois bien, ce feroit là un beau myſtére, vous n'êtes qu'un homme des champs, vous.

Mᵉ BLAISE.

Stapendant j'ons mes prétentions itou, mais je ne me cache pas, je dis mon nom, je me montre, en publiant, que je fis amoureux de vous, vous le ſçavez bian.

Liſette leve les épaules.

ANGELIQUE.

Je l'avois oublié.

Mᵉ BLAISE.

Me vela pour vous en aviſer derechef, vous ſouciez-vous un peu de ça, Mademoiſelle Angelique ?

Liſette boude.

ANGELIQUE.

Hélas ! guierre.

Mᵉ BLAISE.

Guierre, c'eſt toujours queuque choſe ; prenez-y garde au moins, car je vais me douter, ſans façon, que je vous plais.

C iiij

ANGELIQUE.

Je ne vous le conseille pas, Monsieur
Blaise ; car il me semble que non.

Me BLAISE.

Ah , bon ça , vela qui se compriend ;
c'est pourtant fâcheux, voyez-vous, ça
me chagraine , mais n'iamporte , ne vous
gênez pas , je revianrai tantôt pour sça-
voir si vous désirez que j'en parle à Madame Argante , ou s'il faudra que je m'en
taise ; ruminez ça à part , vous, & faites à
votre guise , bon jour ,

Et à Lisette à part.

Que vous êtes avenante !

LISETTE *en colere.*

Quelle cervelle ?

SCENE VI.

LISETTE, ANGELIQUE.

ANGELIQUE.

HEureusement , je ne crains pas son
amour , quand il me demanderoit à ma
mere , il n'en sera pas plus avancé.

LISETTE.

Lui, c'eſt un conteur de de Sornette, qui ne convient pas à une fille comme vous.

ANGELIQUE.

Je ne l'écoute pas ; mais dis-moi, Liſette, Monſieur Lucidor parle donc férieuſement d'un mari ?.

LISETTE.

Mais d'un mari diſtingué, dun établiſſement conſidérable.

ANGELIQUE.

Très-conſidérable, ſi c'eſt ce que je ſoupçonne.

LISETTE.

Eh, que ſoupçonnez-vous ?

ANGELIQUE.

Oh, je rougirois trop, ſi je me trompois.

LISETTE.

Ne feroit-ce pas lui, par haſard, que vous vous imaginez être l'homme en queſtion, tout grand Seigneur qu'il eſt par ſes richeſſes ?

MARIANNE.

Bon, lui, je ne sçais pas seulement moi-
même ce que je veux dire, on rêve, on
promene sa penſée, & puis c'eſt tout; on le
verra, ce mari, je ne l'épouſerai pas ſans le
voir.

LISETTE.

Quand ce ne ſeroit qu'un de ſes amis,
ce ſeroit toujours une grande affaire; à propos, il m'a recommandé d'aller l'avertir
quand vous ſeriez venue, & il m'attend
dans l'allée.

ANGELIQUE.

Eh, va donc, à quoi t'amuſes-tu là ?
pardi tu fais bien les commiſſions qu'on te
donne, il n'y ſera peut-être plus.

LISETTE.

Tenez, le voilà lui-même.

SCENE VII.

ANGELIQUE, LUCIDOR, LISETTE.

LUCIDOR.

Y A-t'il long-tems que vous êtes ici Angelique ?

ANGELIQUE.

Non, Monsieur, il n'y a qu'un moment que je sçais que vous avez envie de me parler, & je la querellois de ne me l'avoir pas dit plûtôt.

LUCIDOR.

Oui, j'ai à vous entretenir d'une chose assez importante.

LISETTE.

Est-ce en secret ? M'en irai-je ?

LUCIDOR.

Il n'y a pas de nécessité que vous restiez.

ANGELIQUE.

Aussi-bien je crois que ma mere aura besoin d'elle.

LISETTE.

Je me retire donc.

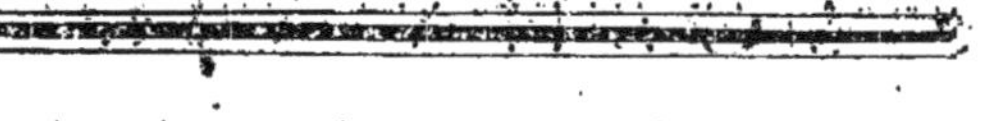

SCENE VIII.

LUCIDOR, ANGELIQUE.

LUCIDOR *la regardant attentivement.*

ANGELIQUE *en riant.*

A Quoi fongez-vous donc en me confi-
dérant fi fort ?

LUCIDOR.

Je fonge que vous embelliffez tous les
jours.

ANGELIQUE.

Ce n'étoit pas de même quand vous étiez
malade ; à propos, je fçais que vous aimez
les fleurs, & je penfois à vous auffi en cueil-
lant ce petit bouquet ; tenez, Monfieur,
prenez-le.

LUCIDOR.

Je ne le prendrai que pour vous le rendre, j'aurai plus de plaifir à vous le voir.

ANGELIQUE *prend.*

Et moi à cette heure que je l'ai reçu, je l'aime mieux qu'auparavant.

LUCICOR.

Vous ne répondez jamais rien que d'o-
bligeant.

ANGELIQUE.

Ah ! cela eſt ſi aiſé avec de certaines
perſonnes ; mais que me voulez-vous donc?

LUCIDOR.

Vous donner des témoignages de l'extrême amitié que j'ai pour vous, à condition qu'avant tout , vous m'inſtruirez de l'é-
tat de votre cœur.

ANGELIQUE.

Hélas , le compte en ſera bien-tôt fait ;
je ne vous en dirai rien de nouveau ; ôtez
notre amitié que vous ſçavez bien , il n'y
a rien dans mon cœur, que je ſçache ; je
n'y vois qu'elle.

LUCIDOR.

Vos façons de parler me font tant de plaiſir , que j'en oublie preſque ce que j'ai à
vous dire.

ANGELIQUE.

Comment faire , vous oublierez donc
toujours , à moins que je ne me taise ; je
ne connois point d'autre secret.

LUCIDOR.

Je n'aime point ce secret-là ; mais pour-
suivons : il n'y a encore environ que sept
semaines que je suis ici.

ANGELIQUE.

Y a-t'il tant que cela ? Que le tems passe
vîte | Après.

LUCIDOR.

Et je vois quelquefois bien des jeunes
gens du Pays qui vous font la cour ; lequel
de tous distinguez-vous parmi eux ? Con-
fiez-moi ce qui en est comme au meilleur
ami que vous ayez.

ANGELIQUE,

Je ne sçais pas, Monsieur, pourquoi vous
pensez que j'en distingue , des jeunes gens
qui me font la cour ; est-ce que je les remar-
que ? Est-ce que je les vois ? ils perdent
donc bien leur tems.

LUCIDOR,

Je vous crois, Angelique.

ANGELIQUE,

Je ne me fouciois d'aucun quand vous
êtes venu ici, & je ne m'en foucie pas davantage depuis que vous y êtes, affuré-
ment.

LUCIDOR.

Etes-vous auffi indifférente pour Maître
Blaife, ce jeune Fermier, qui veut vous
demander en mariage, à ce qu'il m'a dit?

ANGELIQUE,

Il me demandera en ce qui lui plaira,
mais en un mot tous ces gens-là me déplai-
fent depuis le premier jour jufqu'au dernier, principalement lui, qui me reprochoit
l'autre jour que nous nous parlions trop fou-
vent tous deux, comme s'il n'étoit pas bien
naturel de fe plaire plus en votre compagnie, qu'en la fienne; que cela eft fot!

LUCIDOR.

Si vous ne haïffez pas de me parler, je
vous le rends bien, ma chere Angelique;
quand je ne vous vois pas, vous me man-
quez, & je vous cherche.

ANGELIQUE.

Vous ne cherchez pas long-tems, car je reviens bien vîte, & ne fors guéres.

LUCIDOR.

Quand vous êtes revenue, je fuis content.

ANGELIQUE.

Et moi, je ne fuis pas mélancolique.

LUCIDOR.

Il eſt vrai, j'avoue avec joie que votre amitié répond à la mienne.

ANGELIQUE.

Oui, mais malheureuſement vous n'êtes pas de notre Village, & vous retournerez peut-être bientôt à votre Paris, que je n'aimé guéres. Si j'étois à votre place, il me viendroit plûtôt chercher, que je n'irois le voir.

LUCIDOR,

Eh, qu'importe, que j'y retourne ou non, puiſqu'il ne tiendra qu'à vous que nous y foyons tous deux.

ANGELIQUE.

Tous deux, Monfieur Lucidor, eh mais, contez-moi donc comme quoi ?

LUCIDOR.

C'eft que je vous deftine un mari qui y demeure.

ANGELIQUE.

Eft-il poffible ? Ah ça, ne me trompez pas au moins, tout le cœur me bat ; loge-t'il avec vous ?

LUCIDOR.

Oui, Angelique, nous fommes dans la même maifon.

ANGELIQUE.

Ce n'eft pas affez, je n'ofe encore être bien-aife en toute confiance. Quel homme eft-ce ?

LUCIDOR.

Un homme très-riche.

ANGELIQUE.

Ce n'eft pas là le principal ; après.

LUCIDOR.

Il eſt de mon âge & de ma taille.

ANGELIQUE.

Bon, c'eſt ce que je voulois ſçavoir.

LUCIDOR.

Nos caractéres ſe reſſemblent, il penſe comme moi.

ANGELIQUE.

Toujours de mieux en mieux, que je l'ai-merai.

LUCIDOR.

C'eſt un homme tout auſſi uni, tout auſſi ſans façon que je le ſuis.

ANGELIQUE.

Je n'en veux point d'autre.

LUCIDOR.

Qui n'a ni ambition ni gloire, & qui n'é-xigera de celle qu'il épouſera, que ſon cœur.

ANGELIQUE *riant.*

Il l'aura, Monſieur Lucidor, il l'aura, il l'a déja ; je l'aime autant que vous, ni plus, ni moins.

LUCIDOR.

Vous aurez le fien, Angelique, je vous en affure, je le connois, c'eft tout comme s'il vous le difoit lui-même.

ANGELIQUE.

Eh, fans doute, & moi je réponds auffi comme fi il étoit là.

LUCIDOR.

Ah, que de l'humeur dont il eft, vous allez le rendre heureux !

ANGELIQUE.

Ah, je vous promets bien qu'il ne fera pas heureux tout feul.

LUCIDOR.

Adieu, ma chere Angelique ; il me tarde d'entretenir votre mere, & d'avoir fon confentement. Le plaifir que me fait ce mariage ne me permet pas de différer davantage ; mais avant que je vous quitte, acceptez de moi ce petit préfent de Nôce, que j'ai droit de vous offrir, fuivant l'ufage, & en qualité d'ami ; ce font de petits bijoux que j'ai fait venir de Paris.

ANGELIQUE.

Et moi, je les prends, parce qu'ils y
retourneront avec vous, & que nous y ferons enfemble ; mais il ne falloit point de
bijoux, c'eſt votre amitié qui eſt le vérita-
ble.

LUCIDOR.

Adieu, belle Angelique, votre mari
ne tardera pas à paroître.

ANGELIQUE.

Courez donc, afin qu'il vienne plus vîte.

SCENE IX.

ANGELIQUE, LISETTE.

LISETTE.

HE'-bien, Mademoiſelle, êtes-vous
inſtruite ? A qui vous marie-t'on ?

ANGELIQUE.

A lui, ma chere Liſette, à lui-même,
& je l'attends.

LISETTE.

A lui, dites-vous ? Et quel est donc cet homme qui s'appelle lui par excellence ? Est-ce qu'il est ici ?

MARIANNE.

Et, tu as dû le rencontrer ; il va trouver ma mere.

LISETTE.

Je n'ai vû que Monsieur Lucidor, & ce n'est pas lui qui vous épouse.

ANGELIQUE.

Eh si fait, voilà vingt fois que je te le répete ; si tu sçavois comme nous nous sommes parlé, comme nous nous entendions bien sans qu'il ait dit : C'est moi ; mais cela étoit si clair, si clair, si agréable, si tendre.

LISETTE.

Je ne l'aurois jamais imaginé, mais le voici encore.

SCENE X.

LUCIDOR, FRONTAIN, LISETTE, ANGELIQUE.

LUCIDOR.

JE reviens, belle Angelique; en allant chez vôtre mere, j'ai trouvé Monſieur qui arrivoit, & j'ai crû qu'il n'y avoit rien de plus preſſé que de vous l'amener; c'eſt lui, c'eſt ce mari pour qui vous êtes ſi favorablement prévenue, & qui, par le rapport de nos caractéres, eſt en effet un autre moi-même; il m'a apporté auſſi le portrait d'une jeune & jolie perſonne qu'on veut me faire épouſer à Paris.

Il le lui préſente.

Jettez les yeux deſſus : comment le trouvez-vous ?

ANGELIQUE *d'un air mourant le repouſſa*

Je ne m'y connois pas.

LUCIDOR.

Adieu, je vous laisse ensemble, & je
cours chez Madame Argante.

Il s'approche d'elle.

Etes-vous contente ?

*Angelique, sans lui répondre, tire la boëte
de bijoux, & la lui rend sans le regarder ; elle
la met dans sa main, & il s'arrête comme sur-
pris, & sans la lui remettre, après quoi il
sort.*

SCENE XI.

ANGELIQUE, FRONTAIN, LISETTE.

ANGELIQUE *reste immobile ; Lisette
tourne autour de Frontain avec surprise,
& Frontain paroît embarrassé.*

FRONTAIN.

MAdemoiselle, l'étonnante immorta-
lité où je vous vois, intimide extrê-
mement mon inclination naissante ; vous me

découragez tout-à-fait , & je sens que je perds la parole.

LISETTE.

Mademoiselle est immobile , vous , muet, & moi stupéfaite ; j'ouvre les yeux , je regarde , & je n'y comprens rien.

ANGELIQUE *tristement.*

Lisette , qui est-ce qui l'auroit crû ?

LISETTE.

Je ne le crois pas , moi qui le vois.

FRONTAIN.

Si la charmante Angelique daignoit seulement jetter un regard sur moi , je crois que je ne lui ferois point de peur , & peut-être y reviendroit-elle : on s'accoutume aisément à me voir , j'en ai l'expérience ; essayez-en.

ANGELIQUE *sans le regarder.*

Je ne sçaurois ; ce sera pour une autre fois : Lisette , tenez compagnie à Monsieur , je lui demande pardon , je ne me sens pas bien , j'étouffe , & je vais me retirer dans ma chambre.

SCENE

SCENE XII.

FRONTAIN, LISETTE.

FRONTAIN *à part.*

MOn mérite a manqué son coup.

LISETTE *à part.*

C'est Frontain, c'est lui-même.

FRONTAIN *les premiers mots à part.*

Voici le plus fort de ma besogne ici ; ma mie, que dois-je conjecturer d'un aussi langoureux accueil ?

Elle ne répond pas, & le regarde. Il continue.

Hé-bien, répondez donc ? Allez-vous me dire aussi que ce sera pour une autre fois ?

LISETTE.

Monsieur, ne t'ai-je pas vû quelque part ?

E

FRONTAIN.

Comment donc ? Ne t'ai-je pas vû quel-
que-part ? Ce Village-ci est bien familier,

LISETTE *à part les premiers mots.*

Est-ce que je me tromperois ? Monsieur,
excusez-moi ; mais n'avez-vous jamais été
à Paris chez une Madame Dorman, où j'é-
tois ?

FRONTAIN.

Qu'est-ce que c'est que Madame Dorman ? Dans quel quartier ?

LISETTE.

Du côté de la Place Maubert, chez un
Marchand de Caffé, au second.

FRONTAIN.

Une Place Maubert, une Madame Dorman, un second, non mon enfant, je ne
connois point cela, & je prends toujours
mon Caffé chez moi.

LISETTE.

Je ne dis plus mot, mais j'avoue que je
vous ai pris pour Frontain, & il faut que

je me faffe toute la violence du monde pour
m'imaginer que ce n'eft point lui.

FRONTAIN.

Frontain, mais c'eft un nom de Valet.

LISETTE.

Oui, Monfieur, & il m'a femblé que c'é-
toit toi.... Que c'étoit vous, dis-je?

FRONTAIN.

Quoi? toujours des tu & des toi, vous
me laffez à la fin.

LISETTE.

J'ai tort, mais tu lui reffembles fi fort...
Eh, Monfieur, pardon. Je retombe toujours; quoi? tout de bon, ce n'eft pas
toi.... Je veux dire, ce n'eft pas vous.

FRONTAIN *riant.*

Je crois que le plus court eft d'en rire
moi - même ; allez, ma fille, un homme
moins raifonnable & de moindre étoffe, fe
fâcheroit; mais je fuis trop au-deffus de votre méprife, & vous me divertiriez beau-
coup, n'étoit le défagrément qu'il y
d'avoir une phifionomie commune avec c
coquin-là. La nature pouvoit fe paffer de

lui donner le double de la mienne ; & c'est un affront qu'elle m'a fait , mais ce n'est pas votre faute ; parlons de votre Maîtresse.

LISETTE.

Oh , Monsieur , n'y ayez point de regret ; celui pour qui je vous prenois est un garçon fort aimable , fort amusant , plein d'esprit , & d'une très-jolie figure.

FRONTAIN.

J'entends bien , la copie est parfaite.

LISETTE.

Si parfaite , que je n'en reviens point , & tu serois le plus grand maraud . . . . . . , Monsieur , je me brouille encore , la ressemblance m'emporte.

FRONTAIN.

Ce n'est rien , je commence à m'y faire , ce n'est pas à moi à qui vous parlez.

LISETTE.

Non , Monsieur, c'est à votre copie, & je voulois dire qu'il auroit grand tort de me tromper ; car je voudrois de tout mon cœur que ce fût lui ; je crois qu'il m'aimoit , & je le regrette.

FRONTAIN.

Vous avez raison, il en valoit bien la peine ; *& à part.* Que cela est flateur !

LISETTE.

Voilà qui est bien particulier ; à chaque fois que vous parlez, il me semble l'entendre.

FRONTAIN.

Vraiment, il n'y a rien là de surprenant ; dès qu'on se ressemble, on a le même son de voix, & volontiers les mêmes inclinations ; il vous aimoit, dites-vous, & je ferois comme lui, sans l'extrême distance qui nous sépare.

LISETTE.

Hélas, je me réjouissois en croyant l'avoir retrouvé.

FRONTAIN *à part le premier mot.*

Oh ?.... Tant d'amour sera récompensé, ma belle enfant ; je vous le prédis ; en attendant, vous ne perdrez pas tout, je m'intéresse à vous, & je vous rendrai service ; ne vous mariez point sans me consulter.

LISETTE.

Je fçais garder un fecret ; Monfieur, dites-moi fi c'eft toi ?

FRONTAIN *en s'en allant.*

Allons,, vous abufez de ma bonté ; il
eft tems que je me retire ; [*& après.*]
Ouf, le rude affaut !

SCENE XIII.

LISETTE *un moment feule.*

M⸱ BLAISE.

LISETTE.

JE m'y fuis pris de toutes façons, & ce
n'eft pas lui fans doute, mais il n'y a jamais rien eu de pareil : quand ce feroit lui
au refte, Maître Blaife eft bien un autre
parti, fi il m'aime.

M⸱ BLAISE.

Hé-bien, fillette, à quoi en fuis-je avec
Angelique ?

LISETTE.

Au même état où vous étiez tantôt.

Mᵉ BLAISE *en riant.*

Hé mais, tampire, ma grande fille.

LISETTE.

Ne me direz-vous point ce que peut fi-
gnifier le tampis que vous dites en riant ?

Mᵉ BLAISE.

C'eſt que je ris de tout, mon poulet.

LISETTE.

En tous cas, j'ai un avis à vous donner ;
c'eſt qu'Angelique ne paroît pas difpofée à
accepter le mari que Monfieur Lucidor lui
deſtine, & qui eſt ici, & que fi dans ces
circonſtances, vous continuez à la recher-
cher, apparemment vous l'obtiendrez.

Mᵉ BLAISE *triſtement.*

Croyez-vous ? eh mais, tant-mieux.

LISETTE.

Oh, vous m'impatientez avec vos tant-
mieux fi triſtes, & vos tampis fi gaillards,
& le tout en m'appellant ma grande fille,

& mon poulet ; il faut, s'il vous plaît, que
j'en aye le cœur net, Monfieur Blaife, pour
la derniere fois, eſt-ce que vous m'aimez ?

Mᵉ BLAISE.

Il n'y a pas encore de réponfe à ça.

LISETTE.

Vous vous moquez donc de moi ?

Mᵉ BLAISE.

Vela une mauvaife penfée.

LISETTE.

Avez-vous toujours deffein de demander Angelique en mariage ?

Mᵉ BLAISE.

Le micmac le requiert.

LISETTE.

Le micmac, & ſi on vous la refuſe, en
ferez-vous fâché ?

Mᵉ BLAISE *riant.*

Oui da.

LISETTE.

En vérité, dans l'incertitude où vous me
tenez de vos fentimens, que voulez-vous

que je réponde aux douceurs que vous me
dites ? Mettez-vous à ma place ?

Me BLAISE.

Boutez-vous à la mienne.

LISETTE.

Eh, quelle est-elle ? car si vous êtes de
bonne foi, si effectivement vous m'aimez.

M_e BLAISE *riant.*

Oui, je suppose.

LISETTE.

Vous jugez bien que je n'aurois pas le
cœur ingrat.

M_e BLAISE *riant.*

Hé hé hé hé.... Lorgnez-moi un peu
que je voye si ça est vrai.

LISETTE.

Qu'en ferez-vous ?

M_e BLAISE.

Hé hé.... Je le garde. La gentille enfant, queu domage de laisser ça dans la
peine !

LISETTE.

Quelle obscurité ! Voilà Madame Argante & Monsieur Lucidor, il est apparemment question du mariage d'Angelique avec l'amant qui lui est venu ; la mere voudra qu'elle l'épouse ; & si elle obéit, comme elle y sera peut-être obligée, il ne sera plus nécessaire que vous la demandiez, ainsi retirez-vous, je vous prie.

Me BLAISE.

Oui, mais je fis d'obligation aussi de revenir voir ce qui en est, pour me comporter à l'avenant.

LISETTE *fâchée.*

Encore, oh votre énigme est d'une impertinence qui m'indigne.

Me BLAISE *riant & s'en allant.*

C'est pourtant douze mille frans qui vous fâchent.

LISETTE *le voyant aller.*

Douze mille frans, où va-t'il prendre ce qu'il dit là ? Je commence à croire qu'il y a quelque motif à cela.

SCENE XIV.

M^{de} ARGANTE, LUCIDOR, FRONTAIN, LISETTE.

M_{de} ARGANTE, *en
entrant à Frontain.*

EH, Monfieur, ne vous rebutez point, il n'eft pas poffible qu'Angelique ne fe rende ; il n'eft pas poffible.

A Lifette.

Lifette, vous étiez préfente quand Monfieur a vû ma fille ; eft-il vrai qu'elle ne l'ait pas bien reçu ? Qu'a-t'elle donc dit ? Parlez, a-t'il lieu de fe plaindre ?

LISETTE.

Non, Madame, je ne me fuis point apperçu de mauvaife réception ; il n'y a eu qu'un étonnement naturel à une jeune & honnête fille, qui fe trouve, pour ainfi dire, mariée dans la minute ; mais pour le peu que Madame la raffure & s'en mêle, il n'y aura pas la moindre difficulté.

LUCIDOR.

Lifette a raifon, je penfe comme elle.

M^{de} ARGANTE.

Eh, fans doute, elle eft fi jeune & fi innocente.

FRONTAIN.

Madame, le mariage en impromptu, étonne l'innocence, mais ne l'afflige pas, & votre fille eft allée fe trouver mal dans fa chambre.

M^{de} ARGANTE.

Vous verrez, Monfieur, vous verrez .. allez Lifette, dites-lui que je lui ordonne de venir tout-à-l'heure, Amenez-la ici ; partez.

A Frontain.

Il faut avoir la bonté de lui pardonner. Ces premiers mouvemens-là, Monfieur, ce ne fera rien.

LISETTE *part.*

FRONTAIN.

Vous avez beau dire, on a eu tort de m'expofer à cette avanture-ci ; il eft fâcheux à un galant homme à qui tout Paris jette fes

filles à la tête, & qui les refufe toutes, de
venir lui-même eſſuyer les dédains d'une
jeune citoyenne de Village, à qui on ne
demande préciſément que ſa figure en mariage, votre fille me convient fort; & je
rends grace à mon ami de me l'avoir rete-
nuë; mais il falloit, en m'appellant, me
tenir ſa main ſi preſte, & ſi diſpoſée, que
je n'euſſe qu'à tendre la mienne pour la re-
cevoir; point d'autre cérémonie.

LUCIDOR.

Je n'ai pas dû deviner l'obſtacle qui ſe
préſente.

M.ᵈᵉ ARGANTE.

Eh, Meſſieurs, un peu de patience; re-
gardez-la dans cette occaſion-ci comme un
enfant.

SCENE XV.

LUCIDOR, FRONTAIN, ANGELIQUE, LISETTE. M^de ARGANTE.

M^de ARGANTE.

Approchez, Mademoiſelle, approchez, n'êtes-vous pas bien ſenſible à l'hon-neur que vous fait Monſieur, de venir vous épouſer, malgré votre peu de fortune, & la médiocrité de votre état ?

FRONTAIN.

Rayons le mot d'honneur, mon amour & ma galanterie le déſapprouvent.

M^de ARGANTE.

Non, Monſieur, je dis la choſe comme elle eſt ; répondez, ma fille.

ANGELIQUE.

Ma mere......

M^de ARGANTE.

Vîte donc.

FRONTAIN.

Point de ton d'autorité, sinon je reprends mes bottes & monte à cheval.

A Angelique.

Vous ne m'avez point encore regardé, fille aimable, vous n'avez point encore vû personne, vous la rebutez sans la connoître, voyez-la pour la juger.

ANGELIQUE

Monsieur......

M_{de} ARGANTE.

Monsieur, ma mere, levez la tête.

FRONTAIN.

Silence, maman, voilà une réponse entamée.

LISETTE.

Vous êtes trop heureuse, Mademoiselle, il faut que vous soyez née coeffée.

ANGELIQUE *vivement.*

En tout cas, je ne suis pas née babillarde.

FRONTAIN.

Vous n'en êtes que plus rare ; allons, Mademoiselle, reprenez haleine, & prononcez.

M^{de.} ARGANTE.

Je dévore ma colere.

LUCIDOR.

Que je suis mortifié !

FRONTAIN *à Angelique.*

Courage, encore un effort pour achever.

ANGELIQUE.

Monsieur, je ne vous connois point.

FRONTAIN.

La connoissance est si-tôt faite en mariage ; c'est un Pays où l'on va si vîte.

M^{de} ARGANTE.

Comment étourdie, ingrate que vous êtes ?

FRONTAIN.

Ah ah, Madame Argante, vous avez le Dialogue d'une rudesse insoutenable.

M^{de}

M^{de} ARGANTE.

Je fors, je ne pourrois pas me retenir, mais je la desherite, fi elle continue de ré- pondre auffi mal aux obligations que nous vous avons, Meffieurs. Depuis que Mon- fieur Lucidor eft ici, fon féjour n'a été mar- qué pour nous que par des bienfaits. Pour comble de bonheur, il procure à ma fille un mari tel, qu'elle ne pouvoit pas l'efperer, ni pour le bien, ni pour le rang, ni pour le mérite.

FRONTAIN.

Tout doux, appuyez legerement fur le dernier.

M^{de} ARGANTE.

Et merci de ma vie, qu'elle l'accepte, ou je la renonce.

SCENE XVI.

LUCIDOR, FRONTAIN, ANGELIQUE, LISETTE.

LISETTE.

EN vérité, Mademoiselle, on ne sçau-
roit vous excuser ; attendez-vous qu'il
vous vienne un Prince ?

FRONTAIN.

Sans vanité, voici mon apprentiffage ;
en fait de refus, je ne connoiffois pas cet
affront-là.

LUCIDOR.

Vous sçavez, belle Angelique, que je
vous ai d'abord confulté fur ce mariage ;
je n'y ai penfé que par zele pour vous, &
vous m'en avez paru fatisfaite.

ANGELIQUE.

Oui, Monfieur, votre zele eft admira-
ble, c'eft la plus belle chofe du monde,

& j'ai tort , je fuis une étourdie , mais laif-
ffez-moi dire. A cette heure que ma mere
n'y eft plus , & que je fuis un peu plus har-
die , il eft jufte que je parle à mon tour , &
je commence par vous , Lifette , c'eft que
je vous prie de vous taire , entendez-vous ;
il n'y a rien ici qui vous regarde ; quand il
vous viendra un mari , vous en ferez ce qui
vous plaira , fans que je vous en demande
compte , & je ne vous dirai point fotement
ni que vous êtes née coeffée , ni que vous
êtes trop heureufe , ni que vous attendez
un Prince , ni d'autres propos auffi ridicu-
les que vous m'avez tenus , fans fçavoir ni
quoi , ni qu'eft-ce.

FRONTAIN.

Sur fa part , je devine la mienne.

ANGELIQUE.

La vôtre eft toute prefte , Monfieur ,
vous êtes honnête homme , n'eft-ce pás ?

FRONTAIN.

C'eft en quoi je brille.

ANGELIQUE.

Vous ne voudrez pas caufer du chagrin

à une fille qui ne vous a jamais fait de mal,
cela feroit cruel & barbare.

FRONTAIN.

Je fuis l'homme du monde le plus hu-
main, vos pareilles en ont mille preuves.

ANGELIQUE.

C'eft bien fait, je vous dirai donc, Monfieur, que je ferois mortifiée s'il falloit vous
aimer, le cœur me le dit, on fent cela,
non que vous ne foyez fort aimable,
pourvû que ce ne foit pas moi qui vous
aime, je ne finirai point de vous louer
quand ce fera pour un autre ; je vous
prie de prendre en bonne part ce que je vous
dis là, j'y vais de tout mon cœur, ce n'eft
pas moi qui ai été vous chercher une fois ;
je ne fongeois pas à vous, & fi je l'avois
pu, il ne m'en auroit pas plus couté de vous
crier : ne venez pas, que de vous dire, al-
lez-vous-en.

FRONTAIN.

Comme vous me le dites !

ANGELIQUE.

Oh fans doute, & le plûtôt fera le mieux,
mais que vous importe ? vous ne manque-

rez pas de filles ; quand on est riche, on en
a tant qu'on veut, à ce quon dit, au lieu
que naturellement je n'aime pas l'argent ;
j'aimerois mieux en donner que d'en-pren-
dre ; c'est-là mon humeur.

FRONTAIN.

Elle est bien opposée à la mienne ; à
quelle heure voulez-vous que je parte ?

ANGELIQUE.

Vous êtes bien honnête ; quand il vous
plaira, je ne vous retiens point, il est tard
à cette heure, mais il fera beau demain.

FRONTAIN *à Lucidor.*

Mon grand ami, voilà ce qu'on appelle
un congé bien conditionné, & je le reçois,
sauf vos conseils, qui me regleront là-dessus cependant ; ainsi, belle ingrate, je dif-
fere encore mes derniers adieux.

ANGELIQUE.

Quoi, Monsieur, ce n'est pas fait, pardi,
vous avez bon courage.

Et quand il est parti.

Votre ami n'a guéres de cœur, il me demande à quelle heure il partira, & il reste.

SCENE XVII.

LUCIDOR, ANGELIQUE, LISETTE.

LUCIDOR.

IL n'eſt pas ſi aiſé de vous quitter, Angelique; mais je vous débarraſſerai de lui.

LISETTE.

Quelle perte! un homme qui lui faiſoit ſa fortune.

LUCIDOR.

Il y a des antipathies inſurmontables; ſi Angelique eſt dans ce cas-là, je ne m'étonne point de ſon refus, & je ne renonce pas au projet de l'établir avantageuſement.

ANGELIQUE.

Eh, Monſieur, ne vous en mêlez pas, il y a des gens qui ne font que nous porter guignon.

LUCIDOR.

Vous porter guignon avec les intentions

que j'ai, & qu'avez-vous à reprocher à
mon amitié ?

ANGELIQUE *à part les*
premiers mots.

Son amitié, le méchant homme.

LUCIDOR.

Dites-moi de quoi vous vous plaignez ?

ANGELIQUE.

Moi, Monfieur, me plaindre, & qui
eft-ce qui y fonge ? Où font les reproches
que je vous fais ? Me voyez-vous fachée ?
Je fuis très-contente de vous, vous en agif-
fez on ne peut pas mieux ; comment donc ?
vous m'offrez des maris tant que j'en vou-
drai ; vous m'en faites venir de Paris fans
que j'en demande ; y a t'il rien de plus obli-
geant, de plus officieux ? il eft vrai que je
laiffe là tous vos mariages ; mais auffi il ne
faut pas croire, à caufe de vos rares bon-
tés, qu'on foit obligé vîte & vîte de fe donner au premier venu que vous attirerez de
je ne fçais où, & qui arrivera tout botté
pour m'époufer fur votre parole ; il ne faut
pas croire cela, je fuis fort reconnoiffante,
mais je ne fuis pas idiote.

LUCIDOR.

Quoique vous en difiez, vos difcours
ont une aigreur que je ne fçais à quói attri-
buer, & que je ne mérite point.

LISETTE.

Ah ! j'en fçais bien la caufe, moi, fi je
voulois parler.

ANGELIQUE.

Hem ; qu'eft-ce que c'eft que cette fcien-
ce que vous avez ? Que veut-elle dire ?
Ecoutez, Lifette, je fuis naturellement dou-
ce & bonne ; un enfant a plus de malice que
moi ; mais fi vous me fâchez, vous m'en-
tendez bien, je vous promets de la rancune
pour mille ans.

LUCIDOR.

Si vous ne vous plaignez point de moi,
reprenez donc ce petit préfent que je vous
avois fait, & que vous m'avez rendu fans
me dire pourquoi ?

ANGELIQUE.

Pourquoi, c'eft qu'il n'eft pas jufte que
je l'aye. Le mari, & les bijoux étoient pour
aller enfemble, & en rendant l'un, je rends
l'autre.

l'autre. Vous voilà bien embarrassé ; gardez cela pour cette charmante beauté, dont on vous a apporté le portrait.

LUCIDOR.

Je lui en trouverai d'autres ; reprenez ceux-ci.

ANGELIQUE.

Oh, qu'elle garde tout, Monsieur, je les jetterois.

LISETTE.

Et moi je les ramasserai.

LUCIDOR.

C'est-à-dire, que vous ne voulez pas que je songe à vous marier, & que malgré ce que vous m'avez dit tantôt, il y a quelque amour secret dont me vous faites mystére.

ANGELIQUE.

Eh mais ; cela se peut bien, oui, Monsieur, voilà ce que c'est, jen ai pour un homme d'ici, & quand je n'en aurois pas, j'en prendrai tout exprès demain pour avoir un mari à ma fantaisie.

SCENE XVIII.

LUCIDOR, ANGELIQUE LISETTE, Mᵉ BLAISE,

Mᵉ BLAISE.

JE requiers la parmiſſion d'interrompre pour avoir la déclaration de voute darniere volonté, Mademoiſelle, retenez voute Amoureux nouviau venu.

ANGELIQUE,

Non, laiſſez-moi.

Mᵉ BLAISE,

Me retenez-vous, moi?

ANGELIQUE,

Non.

Mᵉ BLAISE.

Une fois, deux fois, me voulez-vous?

ANGELIQUE,

L'inſupportable homme !

LISETTE.

Etes-vous fourd, Maître Blaife, elle
vous dit que non?

Me BLAISE *à Lifette les premieers mots*
à part & en fouriant.

Oui, ma mie, ah ça, Monfieur, je vous
prends à témoin comme quoi je l'aime, comme quoi alle me repouffe, que fi elle ne me
prend pas, c'eft fa faute, & que ce n'eft pas
fur moi qu'il en faut jetter l'endoffe.

A Lifette à part.

Bon jour poulet.

& puis à tous.

Au demeurant ; ça ne me furprend point ;
Mademoifelle Angelique en refufe deux,
alle en refuferoit trois, alle en refuferoit
un boiffiau ; il n'y en a qu'un qu'alle envie,
tout le refte eft du fretin pour elle, hors
Monfieur Lucidor, que j'ons deviné drès
le commencement.

ANGELIQUE *outrée.*

Monfieur Lucidor.

Me BLAISE.

Li-même, n'ons-je pas vû que vous pleu

riez quand il fut malade, tant vous aviez
peur qu'il ne devînt mort.

LUCIDOR.

Je ne croirai jamais ce que vous dites-
là; Angelique pleuroit par amitié pour moi.

ANGELIQUE.

Comment, vous ne croirez pas, vous
ne feriez pas un homme de bien de le croire ? M'accufer d'aimer à caufe que je pleure ; à caufe que je donne des marques de
bon cœur, eh mais je pleure tous les mala-
des que je vois ; je pleure pour tout ce qui
eft en danger de mourir ; fi mon oifeau mou-
roit devant moi ; je pleurerois ; dira-t'on
que j'ai de l'amour pour lui ?

LISETTE.

Paffons, paffons là-deffus ; car à vous
parler franchement ; je l'ai crû de même.

ANGELIQUE.

Quoi, vous auffi, Lifette, vous m'acca-
blez, vous me déchirez, eh que vous ai-je
fait ? Quoi, un homme qui ne fonge point
à moi, qui veut me marier à tout le monde, & je l'aimerois ? Moi, qui ne pourrois
pas le fouffrir s'il m'aimoit ; moi qui ai de

l'inclination pour un autre, j'ai donc le cœur bien bas, bien misérable; ah que l'affront qu'on me fait m'est sensible!

LUCIDOR.

Mais en vérité, Angélique, vous n'êtes pas raisonnable; ne voyez-vous pas que ce sont nos petites conversations qui ont donné lieu à cette folie, qu'on a rêvée, & qu'elle ne mérite pas votre attention.

ANGÉLIQUE.

Hélas, Monsieur, c'est par discrétion que je ne vous ai pas dit ma pensée; mais je vous aime si peu, que si je ne me retenois pas, je vous hairois depuis ce mari que vous avez mandé de Paris; ouï, Monsieur, je vous hairois, je ne sçais pas trop même si je ne vous hais pas, je ne voudrois pas jurer que non, car j'avois de l'amitié pour vous, & je n'en ai plus; est-ce là des dispositions pour aimer?

LUCIDOR.

Je suis honteux de la douleur où je vous vois; avez-vous besoin de vous défendre, dès que vous en aimez un autre? Tout n'est-il pas dit?

Me BLAISE.

Un autre galant, alle feroit morgué bian
en peine de le montrer.

ANGELIQUE.

En peine ? hé-bien, puifqu'on m'obftine,
c'eft juftement lui qui parle, cet indigne.

LUCIDOR.

Je l'ai foupçonné.

Me BLAISE.

Moi.

LISETTE.

Bon, cela n'eft pas vrai.

ANGELIQUE.

Quoi, je ne fçais pas l'inclination que
j'ai ? Oui, c'eft lui, je vous dis que c'eft lui.

Me BLAISE.

Ah ça, Demoifelle, ne badinons point ;
ça n'a ni rime ni raifon ; par votre foi, eft-
ce ma parfonne qui vous a pris le cœur ?

ANGELIQUE.

Oh je l'ai affez dit, oui c'eft vous, mal-
honnête que vous êtes, fi vous ne m'en
croyez pas, je ne m'en foucie guéres.

M.e BLAISE.

Eh ! mais, jamais voute mere n'y con-
fentira.

MARIANE.

Vraiment, je le fçais bien.

M.e BLAISE.

Et pis, vous m'avez rebuté d'abord, j'ai
compté là-deffus, moi, je me fis arrangé
autrement.

MARIANE.

Hé-bien, ce font vos affaires.

M.e BLAISE.

On n'a pas un cœur qui va & qui viant
comme une girouette, faut être fille pour
ça, on fe fie à des refus.

ANGELIQUE.

Oh, accommodez-vous, benêt.

M.e BLAISE.

Sans compter que je ne fis pas riche.

LUCIDOR.

Ce n'eft pas là ce qui embarraffera, &
j'applanirai tout ; puifque vous avez le bonheur d'être aimé, Maître Blaife, je donne
vingt mille frans en faveur de ce mariage,
je vais en porter la parole à Madame Ar-

gante, & je reviens dans le moment vous
en rendre la réponse.

ANGELIQUE.

Comme on me persécute.

LUCIDOR.

Adieu, Angelique, j'aurai enfin la satis-
faction de vous avoir mariée selon votre
cœur, quelque chose qui m'en coute.

MARIANE.

Je crois que cet homme-là me fera mourir
de chagrin.

SCÉNE XIX.

Mᵉ BLAISE, ANGELIQUE, LISETTE.

LISETTE.

CE Monsieur Lucidor est un grand ma-
rieur de filles; à quoi vous détermi-
nez-vous, Maître Blaise?

Mᵉ BLAISE *après avoir rêvé.*

Je dis qu'ous êtes toujours bian jolie,
mais que ces vingt mille frans vous font
grand tort.

LISETTE.

Hum , le vilain procédé.

ANGELIQUE *d'un air languiſſant.*

Eſt-ce que vous aviez quelque deſſein pour elle ?

Mᶜ BLAISE.

Oui , je n'en fais pas le fin.

ANGELIQUE *languiſſante.*

Sur ce pied-là , vous ne m'aimez pas.

Mᶜ BLAISE.

Si fait da , ça m'avoit un peu quitté , mais je vous r'aime cherement à cette heure.

ANGELIQUE *toujours languiſſante.*

A cauſe des vingt mille frans.

Mᶜ BLAISE.

A cauſe de vous , & pour l'amour d'eux.

ANGELIQUE.

Vous avez donc intention de les rece- voir.

Me BLAISE.

Pargué , à voute avis.

ANGELIQUE.

Et moi je vous déclare fi vous les prenez , que je ne veux point de vous.

Me BLAISE.

En veci bian d'un autre.

ANGELIQUE.

Il y auroit trop de lâcheté à vous de
prendre de l'argent d'un homme qui'a vou-
lu me marier à un autre, qui m'a offenſée en
particulier , en croyant que je l'aimois , &
qu'on dit que j'aime moi-mêine.

LISETTE.

Mademoiſelle a raiſon , j'approuve tout-
à-fait ce qu'elle dit là.

Me BLAISE.

Mais acoutez donc le bon ſens , fi je ne
prends pas les vingt mille frans , vous me
pardrez , vous ne m'aurez point , voute mere ne voura point de moi.

ANGELIQUE.

Hé-bien , fi elle ne veut point de vous ,
je vous laiſſerai.

Me BLAISE *inquiet.*

Eſt-ce votre dernier mot ?

ANGELIQUE.

Je ne changerai jamais.

Me BLAISE.

Ah, me vela biau garçon.

SCENE XX.

LUCIDOR, Me BLAISE, MARIANE, LISETTE.

LUCIDOR.

VOtre mere conſent à tout belle Mariane, j'en ai ſa parole, & votre mariage avec Maître Blaiſe eſt conclu, moyennant les vingt mille frans que je donne. Ainſi vous n'avez qu'à venir tous deux l'en remercier.

Me BLAISE.

Point du tout ; il y a un autre vartigo qui la tiant ; alle a de l'avarſion pour le magot de vingt mille frans, à cauſe de vous, qui les délivrez : alle

ne veut point de moi, si je les prends, &
je veux du magot avec alle.

MARIANE *s'en allant.*

Et moi je ne veux plus de qui que ce
soit au monde.

LUCIDOR.

Arrêtez, de grace, chere Mariane. Laiſ-
ſez-nous, vous autres.

Mᵉ BLAISE *prenant Liſette*
ſous le bras.

Noute premier marché tiant-il toujours?

LUCIDOR.

Oui, je vous le garantis.

Mᶜ BLAISE.

Que le Ciel vous conſarve en joie ; je
vous fiance donc, fillette.

SCENE XXI.

L'UCIDOR, MARIANE, LUCICOR.

VOus pleurez, Mariane.

MARIANE.

C'eſt que ma mere ſera fâchée, & puis j'ai eu aſſez de confuſion pour cela.

LUCIDOR.

A l'égard de votre mere, ne vous en inquiétez pas, je la calmerai ; mais me laiſſerez-vous la douleur de n'avoir pû vous rendre heureuſe ?

MARIANE.

Oh, voilà qui eſt fini, je ne veux rien d'un homme qui m'a donné le renom que je l'aimois toute ſeule.

LUCIDOR.

Je ne ſuis point l'auteur des idées qu'on a eu là-deſſus.

MARIANE.

On ne m'a point entendu me vanter que vous m'aimiez ; quoique je l'eusse pû croire aussi-bien que vous , après toutes les amitiés & toutes les manieres que vous avez eues pour moi ; depuis que vous êtes ici , je n'ai pourtant pas abusé de cela ; vous n'en avez pas agi de même , & je suis la dupe de ma bonne foi.

LUCIDOR.

Quand vous auriez pensé que je vous aimois , quand vous m'auriez crû pénétré de l'amour le plus tendre , vous ne vous feriez pas trompée.

MARIANE *ici redouble ses pleurs, & sanglote davantage.*

LUCIDOR *continue.*

Et pour achever de vous ouvrir mon cœur, je vous avoue que je vous adore, Mariane.

MARIANE.

Je n'en sçais rien ; mais si jamais je viens à aimer quelqu'un, ce ne sera pas moi qui lui chercherai des filles en mariage , je le laisserai plûtôt mourir garçon.

LUCIDOR.

Hélas ! Mariane, fans la haine que vous
m'avez déclarée , & qui m'a paru fi vraie ,
fi naturelle , j'allois me propofer moi-même.

LUCIDOR *revenant.*

Mais qu'avez-vous donc encore à fou-
pirer ?

MARIANE.

Vous dites que je vous hais , n'ai-je pas
raifon ? Quand il n'y auroit que ce portrait
de Paris qui eft dans votre poche.

LUCIDOR.

Ce portrait n'eft qu'une feinte ; c'eft celui d'une fœur que j'ai.

MARIANE.

Je ne pouvois pas deviner.

LUCIDOR.

Le voici, Mariane , & je vous le donne.

MARIANE.

Qu'en ferai-je , fi vous n'y êtes plus ?
un portrait ne guérit de rien.

LUCIDOR.

Et si je restois, si je vous demandois votre main, si nous ne nous quittions de la vie.

MARIANE.

Voilà, du moins, ce qu'on appelle parler cela.

LUCIDOR.

Vous m'aimez donc ?

MARIANE.

Ai-je jamais fait autre chose ?

LUCIDOR *se mettant tout-à-fait à genoux.*

Vous me transportez, Mariane.

SCENE

SCENE XXII,
& derniere.

TOUS LES ACTEURS QUI
arrivent avec Madame Argante.

M^{de} ARGANTE,

Hé-bien, Monsieur ; mais que vois-je ? Vous êtes aux genoux de ma fille, je pense.

LUCIDOR.

Oui, Madame, & je l'épouse dès aujourd'hui, si vous y consentez.

M^{de} ARGANTE *charmée.*

Vraiment, que de reste, Monsieur, c'est bien de l'honneur à nous tous, & il ne manquera rien à la joie où je suis, si Monsieur, [*Montrant Frontain.*] qui est votre ami, demeure aussi le nôtre.

FRONTAIN.

Je suis de si bonne composition, que ce sera moi qui vous verserai à boire à table.

H

à Lisette.

Ma Reine, puisque vous aimiez tant Frontain, & que je lui ressemble, j'ai envie de l'être.

LISETTE.

Ah, coquin, je t'entends bien, mais tu l'és trop tard.

Me BLAISE.

Je ne pouvons nous quitter, il y a douze mille frans qui nous suivent.

M^{de} ARGANTE.

Que signifie donc cela ?

LUCIDOR.

Je vous l'expliquerai tout-à-l'heure, qu'on faffe venir les violons du Village, & que la journée finisse par des danses.

FIN.

APPROBATION.

J'Ai lû par Ordre de Monseigneur le Chancelier une Comédie qui a pour titre, l'*Epreuve*, & je crois que le Public en verra l'impreffion avec plaifir, ce 29. Novembre 1740. CREBILLON.

ON obſervera que Mariane & Angelique ne ſont que la même perſonne, qui n'a ici ces deux noms que par une
mépriſe, dont on s'eſt apperçu trop tard
pour la corriger.

www.ingramcontent.com/pod-product-compliance
Ingram Content Group UK Ltd.
Pitfield, Milton Keynes, MK11 3LW, UK
UKHW020928120726
13693UKWH00003B/1202